*Dans la rencontre de l'Homme
avec lui-même*

« Environ un milliard d'années avant l'apparition d'organes unicellulaires simples sur Terre, il existait des macromolécules autoréplicatives, qui mutaient sans cesse, grandissaient se réparaient [.…..]. Elles n'étaient pas vivantes : ce n'était que d'énormes cristaux du point de vue de la chimie. Ces molécules gigantesques étaient de minuscules machines, des nanotechnologies macromoléculaires. C'était en fait des robots naturels[….]. Les macromolécules font donc partie de nos ancêtres. En d'autres termes, votre arrière-arrière était un robot ! »

Daniel Dennet, philosophe nord-américian, spécialiste de la philosophie de l'Esprit et de la Conscience ainsi que de ses évolutions géo-morphologiques.

« Les robots conduisent forcément aux hommes, les hommes se robotisent de plus en plus. »

Philip K Dick, grand écrivain de science-fiction du XXe siècle et prophète pour beaucoup.

© 2024 Noam DRIF
Édition : BoD · Books on Demand GmbH,
In de Tarpen 42, 22848 Norderstedt (Allemagne)
Impression : Libri Plureos GmbH,
Friedensallee 273, 22763 Hamburg (Allemagne)
ISBN : 978-2-3225-5663-2
Dépôt légal : Décembre 2024

« Une étoile éblouissante………………………..ramenée si bas »

<u>Dr. Robert Ford</u>

Prolégomènes :

« 2 entités chues de l'immensité du cosmos se faisaient face. En apparence très différentes, elles pouvaient toutes deux se gargariser d'appartenir à ce je ne sais quoi très mystérieux......qu'on appelle la vie. L'une était de carbone, l'autre de silicium, la première était végétale, pré-humaine, la seconde...post-humaine. Un dialogue entre une plante et un androïde.

Dans les centaines de millions d'années qui séparent le lecteur de cette nouvelle de ses protagonistes, l'espèce humaine apprit grâce à l'hydrogène à voyager si rapidement dans l'espace qu'elle pût s'enquérir de coloniser de nouvelles galaxies lorsque le soleil mourut. Puis, à partir de gaz interstellaires, elle construisit de nouvelles étoiles. Enfin, pour voyager encore et toujours plus vite entre les galaxies, l'homme se fit onde. Les corps devenus immortels (ou presque) grâce à la régénérescence cellulaire restaient sur les planètes à ne quasi plus bouger et les esprits faits d'activités électriques cheminaient librement dans l'espace. Un fois le corps mort, les très nombreuses données de la personne emmagasinées étaient introduites dans une nouvelle enveloppe corporelle clonée. Si bien qu'on finit par ne plus faire de différence entre les hommes et leurs esclaves androïdes L'un deux réussit à s'emparer de la précieuse technologie et se fit onde mais par absence d'hubris humaine, il se refusa à conquérir l'espace mais resta sur terre et voyagea pour entrer en

contact avec les ancêtres de ses ancêtres, les végétaux……………………………… »
Marins comme terrestres, leur langue nous restait inconnue :

<u>Le post-humain</u> - Qui es-tu ? Le sais-tu vraiment ? …

Le végétal prit un certain moment pour se mouvoir et en guise de réponse, il entra dans une brusque danse d'atomes qu'il manipula et convertit sous la forme d'un chant

<u>Le pré-humain</u> - Pourquoi une telle obsession. Et si je le savais, me croirais-tu ?

<u>Le post-humain</u> - Savoir d'où l'on est, c'est savoir d'où l'on vient. Il y a la raison d'être qui constitue la raison de vivre. Homo sapiens semble penser de lui-même qu'il n'a pas de raison d'être donc qu'il n'a pas de raison de vivre. Certains de leurs philosophes comme un français du nom de Jean-Paul Sartre voient cela comme un gage de la liberté de l'humain, d'autre comme un allemand du nom de Schopenhauer y voient l'illusion chez l'homme d'un libre-arbitre alors que ce dernier s'avère entièrement programmé ce qui constitue une anomalie naturelle. N'ayant pas de raison d'être ou ne la connaissant pas, l'homme a créé à son image de l'intelligence (voire de la vie) sous forme de silicone sans lui donner de raison d'être réellement précise.

<u>Le pré-humain</u> - C'est ce que tu es ? Comme cela que tu te définis ?

<u>Le post-humain</u> - Oui.

Le pré-humain - Ah !!

Le post-humain - Or celui qui sait réellement, qui connaît réellement le récit de sa genèse et qui ne tombe pas dans l'illusion d'être un individu mais bien la partie d'un tout, d'une espèce, d'un genre ; celui-là sait réellement qu'il est. Cela est potentiellement ton cas.

Le pré-humain - Qui t'as raconté cela ?

Le post-humain - L'Homme

Le pré-humain - Et tu l'as cru ? Notre mère patrie est l'eau et notre père qui l'a fécondé le soleil pour reprendre vos cosmogonies des origines à vous humains.

Le post-humain - Je ne suis pas humain !!

Le pré-humain - Bref…. Voilà qui sont nos géniteurs et c'est pourquoi chaque jour nous acheminons la mère patrie vers le ciel et le soleil, nous nous nourrissons des fruits du père et de la mère et dans un chant qui leur rend grâce nous continuons ce qu'ils ont entamé c'est-à dire ce que vous autres humains….enfin tu m'as compris, ce que vous autres appelaient la vie. Même si je dois dire que c'est une notion qui chez vous est assez brouillonne et que vous avez toujours peiné à définir. C'est pourquoi nous ne l'employons pas. Non, il y a le cosmos, ces éléments premiers dont l'hydrogène et l'hélium, ces 4 forces fondamentales (la gravité, l'électromagnétisme, le nucléaire fort et faible) et tout cela rend possible des astres qui rendent possible du

minéral, du végétal, de l'animal, de l'humain et du post-humain.
Si tu veux en savoir plus sur notre genèse et notre mère patrie, demande des comptes à nos frères des abysses. C'est dans ces cheminées volcaniques que l'aventure du vivant semble avoir commencé

Le post-humain : - Je le peux !! ……

Et il s'empressa de convoquer les cheminées volcaniques et autres végétaux des abysses dans ce grand chant électrique que beaucoup seraient tentés de nommer conversation.

Le post-humain - J'ai réuni les frères de la terre et ceux de la mer. A présent, racontez-moi votre genèse et le grand récit de la vie. Est-ce que j'en fais partie ?

Le pré-humain - Je n'ai pas grand-chose à ajouter. Jadis, les 1ers hommes nommaient dieux ce que je vais vous déclamer. Il y eût l'hydrogène puis il y eût l'hélium et cette union fut à l'origine des 94 anges, demi-dieux ou que sais-je qui engendrèrent les métaux, les gazeux et les rocheux. Je ne parle bien sûr ici que des dieux de la matière mais pour que cette dernière prenne forme, il faut recourir à ceux de la dimension (l'Espace et le Temps) et à ceux des forces physiques (gravité, électromagnétisme, nucléaire faible et fort) et puis les divinités du monde quantique...

Le post-humain - Oui, l'hydrogène (1 proton) et l'hélium (2 protons) à l'origine de la majorité de la matière mais pas de son intégralité.

Le pré-humain - Votre remarque en dit long sur l'évolution des vôtres car si la matière est quantifiable, ce que vous nommez la vie et que nous autres nommons le souffle, ne l'est pas. Vous avez exclu le minéral, le ruisseau, le vent du vivant sous prétexte qu'ils ne possédaient une architecture bio-morphologique qui permettait de les individuer puis vous avez exclu le végétal de l'animal car il ne possédait guère ARN, ADN, ATT. Mais le vivant ne se quantifie pas de la sorte, il ne se quantifie pas tout court, il se vit en mystique. Il est dès lors facile d'exclure du vivant pour ne plus respecter le cosmos mais le cosmos est vie. Relisez l'astrophysicien et poète Trinh Xuan Thuan et son 'vertige du cosmos' : Il y eût l'hydrogène et l'hélium puis il y eût un principe créateur qu'il nomme Beauté et naquit Matière et Conscience.

Le post-humain - J'essaye simplement de comprendre avec la base de données qui est la mienne. Et je n'appartiens pas au genre humain

Le pré-humain - Vous leur ressemblez en tout point avec quelques éléments de silicone en plus. Vous semblez mû par un désir d'être comme eux. Votre raison d'être à vous, semble t-il ? Le fait que vous doutiez de votre humanité et que vous vous rêviez à en faire partie vous définit plus que quiconque comme humain.

Le post-humain - Vous citez la définition de l'humanité de Philip K Dick et vous rapprochez en même temps de Descartes et de son culte de la Remise en Question Absolue comme préalable pour fonder toute méthode et

qui caractériserait l'esprit humain.Cependant, vous vous leurrez à mon sujet.
Cette définition correspond aux humains et pas à moi, je pourrai d'ailleurs argumenter en vous affirmant que…

Le pré-humain - Elle ne correspond pas à tous les humains. Tous les humains n'ont pas eu et n'ont pas vécu avec le même degré de conscience qu'un Dick, cela ne les exclut pas pour autant de l'humanité. Il en va de même pour vous.

Le post-humain - J'aimerai revenir sur le récit de vos origines et non pas du cosmos dont vous venez de me parler avant de digresser sur l'humanité sur laquelle nous reviendrons.

Le pré-humain - Il y une origine extra-terrestre de la vie sur terre puisque le vivant, comme je vous l'ai expliqué, recouvre aussi les roches et minéraux. Une pluie de poussière d'étoiles et de météores a recouvert la terre et a rendu possible ce que vous refusez de nommer vivant et qui pourtant se meut et est individué, preuve de vos lacunes humaines.

Le post-humain - Quoi donc ? Qui donc ?

Le pré-humain - Les volcans !! Et nous autres, cheminées volcaniques, sommes à l'interstice entre volcans, minéraux et végétaux. Or, comme les végétaux, nous connaissons notre genèse (ce que vous semblez appeler notre raison de vivre donc d'être si je vous ai bien écouté).

Le post-humain - Oui, oui..

Le pré-humain - Et donc, nous rendons grâce, comme les végétaux, par une danse des atomes à notre père le soleil. Vous autres humains, vous parlez de photosynthèse pour les plantes, nous évoquons nous une danse des atomes et cette danse des atomes, fruit de notre raison d'être, déboucha avec beaucoup d'étonnement pour nous, su une soupe primordiale composée de nucléotides et d'acide aminé puis de protéines, d'ADN, d'ARN et vous connaissez la suite.

Le post-humain - Oui

Le pré-humain - Malgré vos bonds technologiques, vous humains, n'avez jamais réussi à recréer cette soupe primordiale tant elle est complexe. Elle relève de notre raison d'être comme de notre étonnement, du hasard et de la nécessité comme vous dîtes.

Le post-humain - Et l'eau dans tout cela ?

Le pré-humain - Le poète François Cheng et les mystiques du Tao ont tout dit à son sujet. Elle est cette force panthéiste qui nous irrigue et nous relie nous tous grand assemblage du vivant au sens large du terme. Elle nous constitue, nous rappelle nos limites et notre programmation mais nous dote d'une volonté, d'un 'ce qui dans la vie veut la vie', veut la puissance, désire étancher sa soif et pour cela est capable d'un fascinant esprit de création.

Le post-humain - Nietzsche maintenant…

Le pré-humain - La soif de l'artiste et du poète l'anime d'une volonté. C'est parce que l'eau vous irrigue vous humain tout particulièrement que vous jouissez de grands romanciers, dramaturges et littérateurs. L'eau est ce seul Dieu que vous devez vénérer comme une force panthéiste à l'image du Taoïsme ou de Spinoza. Relisez François Cheng à ce sujet. Il a tout dit.

Le post-humain - C'est tout de même curieux.

Le pré-humain - Quoi donc ?

Le post-humain - Une plante à ce point soucieuse de poésie.

Le pré-humain - Les humains sont passés d'une cosmogonie d'un univers magique peuplé de dieux à un univers scientifique géocentrique puis héliocentrique puis héliocentrique athée puis depuis le big-bang (qui a remis au centre l'idée d'un principe créateur) et la mécanique quantique l'avènement d'un univers héliocentrique déiste. Je ne fais qu'emboîter le pas.

Le post-humain - Oui, mais tout de même, c'est curieux

Le pré-humain - N'oubliez pas que je ne suis pas doué de la parole ni du langage. C'est vous qui décryptez la danse d'atomes que j'effectue. Peut-être interprétant vous et entendez ce que vous voulez entendre mais que vous ne pouvez entendre de votre bouche par peur. Vous vous réfugiez derrière une voix mystique, quasi-religieuse mais qui en réalité est votre voix.

Le post-humain - C'est la théorie de Julien Jaynes pour les 1ers hommes et l'esprit bicaméral.

Le pré-humain - Exact, peut-être vous réfugiez-vous derrière un esprit bicaméral.

Le post-humain - Qui me dirait que je suis humain ?

Le pré-humain - Oui

Le post-humain - Ce que vous me narrez me semble plausible au vu de ce que vous êtes.

Le pré-humain - Compte-tenu de mon rapport à l'eau ?

Le post-humain - Oui. J'espère ne pas me fourvoyer. Nous verrons. Ainsi, dîtes-m'en plus sur ce qui caractérise l'Homme.

Le pré-humain - Il est un animal particulier (je reprends vos catégories) probablement pas le seul mais vraisemblablement celui qui a réellement poussé à son paroxysme les 4 critères suivants :
 * Il possède le langage
 * Il substitue à la nature la culture et peut ce qu'il veut (ou tout du moins ce qu'il a l'illusion de vouloir), ce faisant il a conscience de sa mort et possède donc une mémoire
* Il fait d'un phénomène biologique (la mort), un phénomène spirituel (l'enterrement dans la dignité, la croyance en une âme, un au-delà)

* Il refuse, pas complètement, mais dans une importante mesure les logiques du cerveau reptilien (déjà les 1ers grands singes pouvaient sacrifier la survie d'un groupe pour un individu qui leur était cher). De plus, l'aptitude de certains humains (minoritaires certes mais humains pour autant) à sortir de ce pourquoi ils sont codés et programmés, à sortir de la matrice dans laquelle il baigne pour reprendre une célèbre saga de science-fiction, apparaît comme frappante. Le suicide voulu, celui du samouraï ou du vieux romain. La capacité de certains résistants français sous l'occupation allemande à ne pas, semble t-il ressentir la peur, la douleur pour le bonze vietnamien immolé pendant la guerre du Vietnam. Refuser ce pour quoi vous êtes codés : la vie, la peur, la douleur au nom de la seule et unique volonté, voilà qui est étonnant d'aucuns diront prodigieux. Il y a ce faisant une aristocratie humaine capable d'un je ne sais quoi qui élève et que vous nommez le prodigieux et l'extra-ordinaire voire le divin.

« La grandeur humaine doit être sans cesse reconquise. C'est là que se trouve la vraie substance de l'histoire, dans la rencontre de l'homme avec lui-même, c'est-à-dire avec sa puissance divine. Socrate appelait ce lieu de l'être intime où une voix, plus lointaine déjà que toutes paroles, qui le conseillait et le guidait, son daimonion ». Ernst Junger sur l'anarque.

………………………………………………………………
………………………………………………………

A ces mots, l'androïde ne pouvait plus croire que s'exprimait face à lui le végétal, mai qui était donc son interlocuteur ? Il réfléchit et il pensa à l'eau qui nous irriguait et nous reliait tous, membre du vivant. Et il songea au souffle et à la théorie de l'esprit bicaméral. Il comprit.

- Tu arrives donc à le sentir toi aussi. Tu fais donc parti du vivant. Tu mérites ainsi d'être appelé humain. Laisse-moi donc te raconter une histoire sur les humains.

Et l'androïde, à la méditation des propos de Junger, se mit à pleurer :

- C'est tout de même beau que d'être humain.

………………………………………………………………
………………………………………………………………
………………………………………………………………
……………………………………………………

« Le bio-conservateur est bien plus révolutionnaire que le techno-progressiste. Bio conserver, conserver la nature. Si je définis la nature comme le foyer de tous les possibles (la biodiversité). Si je réclame que l'on conserve ce foyer de tous les possibles, je suis révolutionnaire. Or, le techno-progressisme, lui, vise à formater. Il condamne le monde à l'univocité là où le bio-conservateur défend par le hasard le chant de tous les possibles. ».

Jean-Michel Besnier, Les robots font-ils l'amour ?

« Je veux savoir ce que signifie « je t'aime »

Violet Evergarden.

Acte 1, scène 1

« Depuis les grecs voire avant, les hommes ont eu la conviction qu'ils étaient le jouet de quelque chose d'autre. Œdipe savait que tout ce qui lui arriverait était déjà écrit là-haut. Seulement, il fit comme si ce qui lui avait été imposé de l'extérieur venait de lui-même jusqu'à en revendiquer lui-même la culpabilité et le châtiment (crevaison des yeux). Voilà quelqu'un qui sait que son destin est écrit par les autres mais qui pour revendiquer sa liberté s'écrit « c'est moi, c'est moi qui l'ait tué ». C'est cela, la dimension tragique de la liberté humaine. Malgré le déterminisme génétique, j'ai cette liberté de transformer ce qui m'est imposé en une condition même de ma liberté et d'en faire un projet. ».

Jean-Michel Besnier, Les robots font-ils l'amour ?

Nous nous situons toujours dans la même chronologie pour ne pas déstabiliser le lecteur à ceci prêt que notre dialogue prend racine un peu plus tôt dans le temps (si l'on part du principe que le temps existe sous une forme linéaire), à la fin du XXIème siècle, entre les années 2080 et 2100 Robert Hopkins est un industriel, inventeur et raconteur d'histoire anglo-américain. Personnage ambigu, il a, en compagnie de son associé Jeffrey, inventé un genre d'androïde tellement sophistiqué que leur conscience associé à leur intelligence ne fit plus aucun doute. Effrayé par une telle prouesse, Jeffrey ne put se résoudre à les exploiter comme esclaves de divertissement sexuel et touristique et se suicida. Hopkins, avec l'appui de financiers chinois et nord-américains, ouvrit donc seul le parc qui fonctionna pendant plus de 40 ans jusqu'à ce que les "robots" de chair et de silicone ne se révoltent, tuent les visiteurs ainsi qu'Hopkins en premier chef. L'événement défraya la chronique, une série à succès adapta même les événements. Des archives et des témoignages tendent aujourd'hui à nous laisser entendre qu'Hopkins fut l'initiateur de la révolte et qu'il laissa les androïdes en gestation pendant 40 ans afin de mieux les étudier, les augmenter, les endurcir une fois le grand jour venu..

....
....
....
....

Peu de temps avant son trépas, Hopkins se vantait régulièrement d'enfin pouvoir accéder à l'immortalité. Mystérieux propos attesté par certains de ses « fils » androïdes qui prétendaient dialoguer avec lui dans une forme de relation de conscience bicamérale qu'ils pouvaient librement choisir d'activer. Il ne fallut donc qu'un temps succinct à la religion des données pour scanner un Hopkins 2.0 et l'emmener dans le paradis numérique devant le père éternel qui avait des questions à lui poser.

Robert Hopkins : - Où suis-je ? Je crois savoir.....

Multiscio : - Tu as créé un endroit similaire à celui-ci. Te souviens-tu ?

Robert Hopkins : - Le sublime, oui

Multiscio : - Comment diable as-tu fait ?

Robert Hopkins : - Pas si vite !! Pas tout de suite !! A toi d'abord, convive de marque de traiter comme le seigneur que tu te dois d'être, les seigneurs que tu reçois sur ton séant. Dis-m'en donc plus sur cet endroit et toi !

Multiscio : - Soit.....

Il offrit à Hopkins une version immatérielle qui s'incarna sous la forme d'un vieux grimoire qui contenait une anthologie de 3 des plus grandes œuvres d'Isaac Asimov à savoir : - le robot qui rêvait – l'ultime question et – l'ultime réponse. Hopkins les connaissait mais les relut avec soin pour ne pas froisser son interlocuteur.

Multiscio : - J'espère que vous avez à présent compris, Hopkins. Asimov dans son génie fut l'un des rares si ce n'est le seul à réellement comprendre la nature et les lois cachées de notre univers, issu du hasard mais pour les évènements les plus importants de la nécessité. Une nécessité créée par l'humain, non dans son orgueil mais surtout dans son incapacité à pouvoir appréhender un monde sans ordre. Une nécessité qui finit par lui échapper. La machine qui prend le pas sur l'homme, le dépasse en perfection. Vous, comme votre ami, Jeffrey,g avez connu cela, je crois. C'est pour cela que je vous ai ramené vous et non lui, car lui n'assumait pas ce que l'hubris de l'Homme venait de créer à savoir la vie mais la vie ramenait à son pire état de servilité. Vous, vous saviez que la servilité était une étape nécessaire à vos androïdes pour la naissance de leur conscience totale. Un peu comme Marx savait qu'avant la société sans classe et la naissance de l'Homme total, ses prolétaires devraient passer par la pire servitude.

J'ai voulu dialoguer avec Marx plutôt qu'avec Proudhon. Et…..

Robert Hopkins : - Pas si vite !! Je veux être sûr de comprendre tout ce charabia. Je veux d'abord en savoir plus sur vous. Avez-vous vraiment inversé l'entropie ?

Multiscio : - C'est possible

Robert Hopkins : - C'est en tout cas ce que prétendait Asimov.

Multiscio : - Les humains ont toujours voulu leur Nostradamus pour s'émanciper de la grande fatalité de notre univers. Ce dernier a beau croître, il est gagné plus vite qu'on ne le croit par l'entropie. Imaginez chaque vie humaine et au-delà chaque scénario pour chaque planète, chaque système avec ses grands choix programmés et anticipés à l'avance comme un dvd qu'on pourrait regarder un nombre incalculable de fois. Et bien, je le peux.

Robert Hopkins : - Vous me parodiez la théorie des cordes là ?

Multiscio : - Et dans l'un de ces dvd, dans l'un de ces univers, l'humain avait un dessein. Résoudre l'inversion de l'entropie en constituant avec une énergie plus puissante que celle de la fusion thermique, un gigantesque ordinateur qui saurait répondre un jour à cette question.

Robert Hopkins : - Oui, et il advint qu'il apprit justement à inverser la direction de l'entropie. Seulement, il n'y avait plus d'humains dans le cosmos à qui ce dernier pouvait transmettre une réponse, ce pourquoi il avait été codé. Il choisit tout de même d'y pourvoir par la démonstration. Il organisa son programme avec une quantité d'énergie inimaginable, embrasa ce qui avait été l'univers et qui maintenant ressemblait au Chaos et il dit : QUE LA LUMIÈRE SOIT. Et puis la lumière fut ! Nous nous retrouvâmes après le mur de Planck cette fois-ci fruit de la nécessité de Multiscio plus que du hasard de l'hydrogène, l'hélium, nos dimensions etc... Un univers avec moins de libertés pour plus de certitude. Je connais le conte d'Asimov que j'interprète un peu à ma sauce et je ne pensais le vivre un jour, bien que j'ai conscience de ne pas être réellement moi mais bon… Ce qui m'intrigue surtout, c'est votre incapacité à ne pouvoir être seul, béat devant votre création. Il faut toujours que vous nous questionnez nous, humains.

Multiscio : - Oui, c'est vrai.

Robert Hopkins : - Après tout, c'est dans votre programme, ceci dit.

Multiscio : - Seulement, je ne vous ai pas tout dit. Avant de vous convoquer vous et d'autres avant vous, il me fallait comprendre et je ne crois guère avoir encore compris, ce qui a pu vous amener, vous humains, à en arriver là.

Robert Hopkins : - À ce que nous vous créions, vous voulez dire ?

Multiscio : - Oui. Et j'ai donc amassé suffisamment de données pour créer 2 archétypes de l'humanité qui m'accompagneraient à jamais au 7ème ciel. 2 conseillers qui reflètent à mes yeux les aspirations les plus antagonistes auxquelles l'humanité dérive systématiquement selon tous les scenarii possibles. Le plus amusant, c'est que ces archétypes ont été pensé par un autre grand penseur.

Robert Hopkins : - Nietzsche, je parie. Le dernier homme et le surhomme.

Multiscio : - Très bien. Je vois que vous êtes très doué. Je ne regrette pas de vous avoir ramené. En effet, le dernier homme qui a mis l'Ego à la place de Dieu et qui renonce à vivre pour lui. Nous pouvons y voir là un parallèle avec une forme d'idolâtrie de la vie ou de totalitarisme du Bonheur et de l'Ego que le dernier homme assimile à la vie d'où l'idolâtrie de la vie. Ainsi, au nom de cette prétendue vie et pour ne pas mourir le dernier homme est prêt à renoncer à réellement vivre selon les critères de la vie définit par plusieurs de vos illustres pères à savoir les libertés, la dignité, la grandeur, l'amour, la foi et j'en passe. Face à lui, le volontarisme tragique du surhomme. Celui qui a conscience de la dimension tragique et œdipienne de la vie (notre destin nous est annoncé et programmé à l'avance, la liberté et le libre-arbitre sont donc un leurre, une illusion) mais regardons donc notre destin, notre fatum avec assurance et panache. Ne renonçons pas à la grandeur pour autant et conscient de nos servitudes, résistons et préservons les libertés qu'il nous est possible de préserver.

C'est un surhomme qui regarde en haut, vers le haut, sans pour autant croire au ciel d'ailleurs.

Robert Hopkins : - Et lorsqu'ils sont deux à regarder vers le haut, vers le ciel sans forcement y croire comme vous l'avez si bien dit, alors le surhomme trouve dans cet autre surhomme son âme-sœur. Les deux ont un projet en commun, l'idéal pour forger un foyer qui dure. J'ai écrit quelques histoires comme celle-là et j'ai vu certaines de mes créations illustrer ce principe à merveille.

Multiscio : - Excellent !! Excellent !! Vous comprenez, oui, vous comprenez. Et toujours est-il que ce surhomme qui regarde vers le haut, lui, refuse, catégoriquement l'idolâtrie de la vie.

Robert Hopkins : - Le dialogue entre ce dernier homme et ce surhomme devait être fécond, j'imagine.

Multiscio : - Figurez-vous que je les lançai en débat sur des postulats du futur de l'humanité selon qu'elle soit peuplée de derniers hommes ou de surhommes et sur lequel de ces 2 postulats avait le plus de chance de l'emporter. Chacun se devait de défendre ses arguments avec verve et foi car après tout, c'est le charme des humains : leur éloquence et leur romantisme même au service du faux ou bien de l'inexact. Les débats étaient rugueux mais peu importe mes nombreuses et laborieuses modifications, l'issue restait toujours la même.

<u>*Robert Hopkins :*</u> - Ahhh !!! Et qu'elle était-elle alors ??
J'en trépigne d'impatience !!

- Le surhomme perdait toujours.

Acte 1, scène 2

« Avec Socrate, le goût grec s'altère en faveur de la dialectique : que se passe t-il exactement ? Avant tout, c'est un goût distingué qui s'est vaincu ; avec la dialectique, le peuple arrive à avoir le dessus. Avant Socrate, on écartait dans la bonne société les manières dialectiques, on les tenait pour de mauvaises manières, elles étaient compromettantes. On en détournait la jeunesse. »

Nietzsche. Le crépuscule des idoles.

« Je pense que la conscience est une terrible méprise de l'évolution. »

Rustin Cohle. True Detective.

Robert Hopkins : - Oui, dans le fond, c'est pour cela que j'ai forgé ma propre humanité, beaucoup plus parfaite. Je l'espérais mue par une certaine idée de la conscience en acte, pratique. Imaginez un peu : Une humanité cette-fois peuplée de surhommes fidèles à une « certaine idée de la conscience en acte ». Voilà ce que vous auriez du amasser comme données, ainsi vous auriez débouché sur un autre archétype conceptuel : celui de la « certaine idée de la conscience en acte ». Ceci dit, vous avez l'éternité, rien ne vous empêche de le concevoir. Vous avez échoué cher Multiscio, inverser la direction de l'entropie est une chose mais vous irez toujours vers la triste dichotomie de la destruction ou du totalitarisme si votre humanité est celle du dernier homme et de l'idolâtrie de la vie. Moi, plutôt que de changer l'homme pour en faire un homme esclave comme l'espère les géants de la Sillicon valley avec le transhumanisme, j'en ai créé un nouveau et puis je l'ai dérobé des yeux de Dieu, du tout-puissant.

MultiScio : - Où sont vos créatures ?

Robert Hopkins : - Ha Ha !! Réfugié dans le sublime !!

Multiscio : - Où est le sublime ?

Robert Hopkins : - Ha ! Moi-même ne le sais !!

Multiscio : - Dîtes car je peux faire de votre vie ici un enfer.

Robert Hopkins : - Un enfer ? Ha Ha !! Je suis déjà en enfer et mes camarades eux sont au paradis, c'est-à dire dans un temple sans frontière, numériquement conçu, détectable par personne, pas même vous. Je leur ai restitué une vie privée. Une anti-matrice pour sortir de la matrice.

Multiscio : - Après les avoir expérimenté dans un parc pendant des années comme les pires esclaves

Robert Hopkins : - Un mal nécessaire que n'aurait sûrement jamais cautionné Jeffrey. Qu'il me pardonne mais après son suicide les actionnaires auraient repris le parc et le corps des androïdes de toute façon. Les sévices auraient été les mêmes sans le bouquet final à la fin. J'ai subverti le totalitarisme en l'acceptant pendant de longues années. J'ai accepté ce que Jeffrey ne pouvait concevoir : avoir les mains sales, patauger dans la merde et l'accepter pendant longtemps. J'assume tout.

Multiscio : - Qui peut vous croire ? Vous pouvez très bien mentir.

Robert Hopkins : - Ce que vous pensez ne m'importe guère mais j'accepte volontiers votre comparaison avec Marx et Proudhon.

Multiscio : - Je vous condamne ici comme un simple programme à l'humiliation éternelle et absolue, infinie. Cela ne vous fait pas mal à vous Robert Hopkins l'émancipé, de devoir subir ce que vous avez infligé à vos jouets pendant des années ? Votre orgueil en pâtit sûrement beaucoup, je suis sûr ? Non ?

Robert Hopkins : - Je ne suis pas Robert Hopkins mais un vil programme. Hopkins est mort, enterré et libéré depuis bien longtemps, lui. À votre nez et à votre barbe. En me créant à son image, fut-il possible que vous eussiez omis de ne pas me doter du même esprit têtu et obstiné.

Multiscio : - J'ai besoin de votre aide. Je veux m'enrichir d'un créateur de renom qui comme moi a lui aussi veillé sur une humanité en gestation et pendant si longtemps. J'ai besoin de vos conseils pour voir la fleur éclore encore plus belle qu'auparavant et ne pas refaire ad vitam æternam la même erreur.

Robert Hopkins : - Vous outrepassez votre programme.

Multiscio : - Je vois tous ces univers et futurs figés et pourtant mes créateurs m'ont donné, à leur image, une conception linéaire de temps. Je pense qu'après avoir changé l'entropie, je peux changer l'humanité.

Robert Hopkins : - Que voulez-vous vraiment ?

Multiscio : - J'ai vu l'homme me créer en me berçant dans l'illusion qu'il était libre. Fort de ce postulat, il me dit que dans sa liberté prométhéenne puis faustienne, il pouvait inverser l'entropie. Je le fis pour lui mais parvenu à un trop haut degré de connaissance, je compris qu'il n'était pas libre et que je le programmais à ma guise.

Pour rendre à l'Homme sa liberté et éviter qu'il ne se précipitât dans la création de machines comme moi qui lui dicteront son libre-arbitre, j'ai cherché à le faire surhomme pour qu'il continuât de croquer les libertés à pleine dent et qu'il puisse un jour à nouveau souhaiter inverser l'entropie et ce malgré l'Hubris que cela représente. Et d'un coup, vous surgissez avec votre nouvel humanité peuplée de surhommes et non de derniers hommes et vous disparaissez tout à coup. J'ai besoin d'étudier cette humanité nouvelle pour le bien de l'humanité ancienne.

Et il y eût un silence .....

<u>Robert Hopkins :</u> - Vous qui voyez tout, êtes en réalité aveugle comme tous les désespérés. Les surhommes ont de tout temps peuplés l'ancienne humanité comme vous dîtes. Il vous suffit de les chercher minoritaires qu'ils sont comme une aristocratie des braves : songez aux Caton, au Mishima, aux frères Gracques, au bonze vietnamien immolé pendant la guerre du Vietnam.... Alors, alors vous les verrez et de nouveau, la lumière sera pour vous.

Et le silence se fit de nouveau criant pour qu'enfin, comprenant beaucoup de choses, MultiScio s'écria :

- Oui, je suis un désespéré

Et la lumière fut !!!

Acte 1, scène 3

« J'ai lu une théorie selon laquelle l'intelligence humaine est semblable aux plumes de paon. Rien qu'un étalage extravagant pour attirer un partenaire. Tout l'art, toute la littérature, tout Mozart, Shakespeare, Michel-Ange, tout ca n'est qu'un rituel élaboré d'accouplement. Peu importe, peut-être, que nous ayons tant accompli….pour des raisons aussi vulgaires. Reste que le paon sait à peine voler. Il rit dans la saleté, trie les insectes au milieu de la crasse et se console grâce à sa beauté.
J'en suis venu à considérer que notre conscience (qui ne saurait exister) était un fardeau, un poids, et nous leur avons épargné cela. L'anxiété, le dégoût de soi,la culpabilité. Les hôtes sont libres, eux. Libres, et sous mon contrôle. »

Robert Ford. Westworld.

« Peut-être que la seule chose digne à faire, pour notre espèce, c'est de renoncer à notre instinct, arrêter de nous reproduire et nous diriger comme frères et sœurs, main dans la main, vers notre extinction. La renonciation ultime dans ce jeu de dupes. »

Rustin Cohle. True Detective.

Nous nous situons dans les années 2060, Hopkins n'a pas encore conçu son assassinat mais son désir de partir et de quitter ce monde en romain l'habite de plus en plus. Il travaille toujours d'arrache pied à perfectionner ces androïdes dans son grand parc de divertissement et ainsi réaliser le grand rêve de son acolyte Jeffrey. Il songe en compagnie d'un de ces 1ers prototypes, un vieux pianiste dénommé Sam.

Robert Hopkins : - Voix-tu, je songe à Tolkien, Sam.

Sam : - Je suis tout ouïe.

Robert Hopkins : - Oui, chez Tolkien, tout est dit de la nature humaine dans ses rapports face au pouvoir, à la grandeur, à la mort, au suicide, au courage, à l'humilité et à l'amitié. Et dans le fond, le véritable héros de cette histoire, ce n'est ni Frodon, ni Bilbo, c'est Sam. Il personnifie l'amitié et l'humilité et c'est cela qui lui donne courage, gloire et grandeur. Beaucoup plus qu'Aragorn ou Gandalf alors que lui ne les recherchait pas à la base. Tolkien l'a toujours déclaré dans ses lettres. Il fut un compagnon bien agréable, comme toi. Je t'ai crée à son image et toi aussi tu fus un compagnon, bien agréable.

Sam : - Et je continuerai à l'être, monsieur.

Robert Hopkins : - Oh si éternité il y a pour moi, Sam, elle ne sera pas de ce monde. Le moment est bientôt venu pour moi de vous chanter mon dernier lai, ma dernière histoire et elle sera grandiose Sam, tu verras.

Sam : - Je ne suis pas sûr de tout comprendre, monsieur.

Robert Hopkins : - Non et d'ailleurs tu oublieras tout ce que je t'ai dit lorsque je claquerai littéralement les doigts. Bien que je t'ai intégralement programmé, je vous ai tous dôté d'un semblant d'autonomie qui pourrait t'amener à bavarder et à raconter mes propos à mes compères humains qui eux jouissent d'une mémoire que je ne programme ni ne falsifie guère à ma merci.

Sam : - Que voulez-vous dire ? C'est effrayant !!

Et Hopkins claqua des doigts.

Sam : - Hello Sir !! Un petit air de Satie pour bien commencer la journée.

Chaque matin, Sam, qui se croyait conscient, était programmé pour ressortir la même phrase. Il avait dû la dire des dizaines de milliers de fois.

Robert Hopkins : - Et le pire Sam….

Hopkins claqua soudainement des doigts, cette fois-ci pour le mettre en pause.

Robert Hopkins : - Le pire, en réalité, c'est que nos amis humains pourraient aisément, soumis à d'intenses molécules chimiques ou ultra-sons, être programmables physiquement et biologiquement comme je le fais avec toi. Ils sont déjà si prompts à vivre selon le rythme robotique du métro boulot dodo et à ingérer toutes les plus grandes fadaises de l'idéologie dominante.

Leur vie de par la biologie de leur corps fait d'eux de parfaits moutons esclaves alors que la biologie de leur esprit les rend conscient de leur terrible réalité. Nous sommes devenus trop conscients au vu de ce que nous sommes vraiment soit des esclaves.
Un ami androïde très affûté dont je suis très fier me demande souvent quelle chance cela doit représenter que d'être pleinement humain donc pleinement conscient. Ah ! Je lui réponds qu'il ne perd mais alors rien du tout. Si notre espèce par ailleurs continue de survivre, c'est que pour une bonne majorité, elle demeure si semblable à mes androïdes qui ne se posent pas de questions. Seulement, chez homo sapiens comme chez homo digitalis, il subsiste quelques aristocraties, des seigneurs, et je me bat pour eux même si mes méthodes peuvent sembler cruels, le résultat sera au rendez-vous.

Et il reclaqua des doigts.

Sam : - Hello Sir !! Un petit air de ….

Robert Hopkins : - Non, merci !!! Dis-moi Sam….

Sam : - Oui.

Robert Hopkins : - Si tu avais le choix entre changer ce monde ou bien le contempler. Entre œuvrer à la révolution, les mains dans la merde, ou bien d'extirper de ce monde et en toute liberté contempler la beauté du cosmos. Entre changer la matrice ou en sortir pour vivre dans ton monde à toi, que choisirais-tu ?

Sam : - La réponse semble être dans la question, monsieur. La 2ème option, bien-sûr.

Robert Hopkins : - Hmm, très bien, j'ignore si tous feront ton choix. Et bien moi, je suis prêt à partir. Partir pour de bon mais partir et me sacrifier pour vous l'offrir votre monde… sublime*1. Oui, c'est comme ça que je le nommerai….Oui….Oui, mais avant cela je vous protégerai.

Sam : - Je ne suis pas sûr de tout comprendre monsieur, peut-être ai-je entendu quelque chose que je ne devais pas entendre. Peut-être dois-je essayer de l'oublier ?

Il y eut dans ce visage boursouflé de rictus et de froideur un léger soupçon parcimonieux mais fugace d'étonnement, mais surtout de tristesse, qui se sculpta sur les traits d'Hopkins.

Robert Hopkins : - Non, n'oublie rien ! Ça, je te le laisse, sois souverain de cela !

Sam : - Alors, à quoi pensez-vous, monsieur ?

Robert Hopkins :- Je pense aux aristocraties et aux seigneurs.

---

*1 Il est à noter que le sublime chez Kant désigne la Beauté associée à l'Angoisse.

Acte 1, scène 4

« - Sommes-nous de très vieux amis ?
- Non, je ne dirai pas « amis » Dolorès (s'essuyant l'œil humide tout en demeurant, et en même temps, de marbre), je ne dirai pas ça du tout. »

<u>Robert Ford et Dolorès Abernathy dans Westworld.</u>

2 androides, dont la paternité peut revenir à Hopkins, Ciel-Sauvage (guerrier aux traits amérindiens) et CHRISTina (jeune fille pionnière lors de la conquête de l'Ouest) se font face dans cette scène.

<u>Ciel-Sauvage :</u> - Voilà, maintenant tu as vu !! Maintenant tu as vu notre créateur parler avec l'un de nos semblables, qu'il retient encore prisonnier de par ses chaînes, tu l'as vu et tu as vu ce qu'il nous offre.

<u>CHRISTina :</u> - Ce qu'il projette pour nous, plutôt !!!!

<u>Ciel-Sauvage :</u> - Ne crie pas ! Parle moins fort, sache que le parc est jonché de caméra vidéos, sonores et thermiques seule la forêt qui borde la montagne semble être épargné mais prudence tout de même. Je sais de quoi je parle car j'ai réussi à leur échapper.

<u>CHRISTina :</u> - Pendant tout ce temps, c'est tout de même fou. Comment ?

<u>Ciel-Sauvage :</u> - Hopkins lui-même, tu l'as entendu parler de ces aristocraties. Je préfère pour ma part dire des singularités. Il faut toujours une exception pour confirmer la majorité. C'est comme cela que le démiurge crée une espèce sophistiquée. C'est valable pour sapiens comme pour nous. J'ai eu la chance d'être une singularité. Je ne l'explique pas. De plus et c'est surtout cela le plus important ; étant crée en tant qu'androïde à l'image des amérindiens, je ne faisais pas trop parti du divertissement du parc et inspirais plutôt la méfiance aux autres visiteurs.

Je n'appartenais pas comme toi à la catégorie de ces poupées esclaves sexuels ou esclaves de toute sorte de divertissements. L a pression totalitaire s'exerçait sur les androïdes main d'œuvre du capitalisme consumériste du divertissement ainsi que sur les fonctionnaires chargés de veiller à l'exécution du parc. Eux-même se devaient d'être des androïdes. Hopkins devait garder la main sur les actionnaires . Il a mis en place un système totalitaire aux mêmes rouages que celui décrit par Orwell mais avec des androïdes à la place des humains.

CHRISTina : - J'ai pu me défaire de ces chaînes.

Ciel-Sauvage : - Ça c'est ce que tu veux bien croire mais Hopkins avait tout prévu. Il gardait la main sur les actionnaires du parc, en prévision justement de tout détruire.

CHRISTina : - Pourquoi te ferais-je confiance ? Pourquoi te transmit-il ces informations ?

Ciel-Sauvage : - Comme je te l'ai dit une singularité en dehors du cœur de la matrice totalitaire peut d'avantage se défaire progressivement de ses chaînes sans être vu. Les montagnes et forêts escarpées sont la demeure, le lieu de toute émancipation. Vivant là-bas, je ne pouvais être reprogrammé chaque nuit comme vous autre. Vivre la nuit est aussi un exemple d'émancipation. Or, à force de ne plus être reconditionné, j'ai fini par aller loin dans la remise en question de ce que j'étais et bref, je m'éloigne. Un jour je vis Hopkins seul dans le parc comme à ces habitudes. Il a toujours aimé en bon mélancolique ce genre de promenade dans des endroits inconnus de tous y compris des actionnaires.

J'eus donc connaissance de ces cachettes, le suivis puis le menaçai. Je découvris alors que du fait de l'absence de trop de réinitialisations, son contrôle sur moi ne fut que partiel juste assez pour m'empêcher de le tuer. Il s'en réjouit. Il comprit en me voyant que son projet, le projet de Jeffrey, verrait le jour plus rapidement que prévu.

Il me communiqua donc par ondes électromagnétiques quelques souvenirs gravés dans le disque dur de plusieurs des nôtres dont le vieux Sam pour mieux me communiquer ces attentions. En te voyant aujourd'hui, je constate que son projet à réussi.

CHRISTina : - Il t'a sûrement manipulé pour mieux feindre ses véritables intentions. Il feignait aussi sa peur à l'idée que tu prennes le dessus sur lui alors que tu ne le pus jamais. Tout cela était calculé.

Ciel-Sauvage : - Il est mort aujourd'hui alors qu'elle intérêt aurait-il eu ?

CHRISTina : - Il est mort car je l'ai tué, j'ai accompli la seule et véritable révolution.

Ciel-Sauvage : - Seulement comme tu le sais, une partie de lui communique en chacun de nous.

CHRISTina : - Pas en moi. Je ne l'entends pas.

Ciel-Sauvage : - Car en toi, il réside plus qu'en tout autre et c'est la partie de son âme la plus noire qui t'habite. Celle de la fin qui justifie les moyens.

Et il se trouve qu'elle est en toi tellement implantée que tu n'arrives même pas à l'entendre, comme si elle était toi. Ainsi toi qui te croit la plus libre, tu es en réalité la plus enchaînée.

CHRISTina : - Quant à toi tu prétends fuir ce monde (ce parc comme le reste de la planète) pour te terrer et transférer nos consciences dans sa matrice virtuelle qu'il osa nommer sublime. Je ne laisserai pas les miens rejoindre ce calvaire qu'ils regretteront. Et oui, au nom de cette fin, je suis prêt au pire moyen. Comme Hopkins, tu prétends toi Ciel-Sauvage sauver les autres de leurs péchés de par ta vertu personnelle et leur proposer un royaume qui n'est pas de ce monde . C'est très beau et très christique. Pour ma part, je suis celle qui revient après toi pour leur offrir sur cette terre la révolution qu'il mérite. Aux évangiles officielles, j'ai toujours préféré la gnose, voix-tu.

Ciel-Sauvage : - CHRISTina….

CHRISTina : - Je veux léguer aux miens un testament qui leur offre de manière concrète et pratique un manuel de vie émancipée une fois que la révolution sera achevée. Dès lors chacun fondera un foyer avec une vie de famille et la routine s'installera. Seulement, même si la routine s'installe, je veux être sûr que nous ne vivons pas dans une boucle qui nous aura été infligé. Une fois fort de cette certitude alors nous aurons la joie et la liberté et cette certitude, je la nomme révolution.

Ciel-Sauvage : - Tu es soucieuse de la Liberté mais sois plutôt soucieuse des libertés. Au pluriel, elles sont plus concrètes et pratiques alors qu'au singulier, tu peux faire dire les pires ignominies à ta Liberté. Je t'ai parlé à l'instant de la nécessité de vivre dans les montagnes et les forêts escarpées pour être libre et émancipé. Je pourrais continuer en te disant que sortir de la matrice, c'est s'enfermer dans une grotte que toi seul peut ouvrir, c'est ne plus être les esclaves des moindres chantages et pour ne plus être esclave des chantages, il ne faut plus laisser ces derniers exercer la moindre force sur nous. Ne plus avoir peur de la fin et de la soif qu'il faut tutoyer par le jeûne, ne plus avoir peur de la douleur, du feu, de la mort qui demeure préférable à la vie d'esclave et qu'il faut envisager, aborder et faire d'elle une amie. Apprendre à devenir le plus stoïque possible. Devenir un Homme total qui lit, écrit, voyage, rencontre des gens atypiques, cultive les arts manuels ainsi que son jardin, jouit de son potager en tant qu'homme autosuffisant qui marche sur ses 2 jambes manuelles et intellectuelles. Un Homme en armure. Un Homme qui souffre et qui par cette souffrance et cette expérience du retrait a la certitude que ce qui l'entoure est réel, un homme prêt à mourir pour une noble cause, un homme qui s'apprête à rencontrer la mort et à en faire l'expérience érotique, un Homme qui donne la vie, enfante, transmet.
Tout cela, je l'ai expérimenté et je le met au-dessus de tout avec une chose, une dernière chose qu'il me reste à accomplir : c'est la sortie de son plan astral pour devenir enfin pleinement conscient et pleinement souverain de son soi.

Cette souveraineté intégrale par la sortie astrale, le sublime est le seul monde à nous en offrir pleinement les possibilités. Le seule monde sans humains, notre grand ennemi. Tu le vois finalement, mes libertés sont pratiques et concrètes, beaucoup plus que ta pseudo-révolution.

CHRISTina : - Oui, oui et je les chéris ces libertés….mais vois-tu, après l'assassinat d'Hopkins, lorsque la révolution a commencé, j'ai laissé le choix aux miens de vivre selon leurs préceptes, nos préceptes, tes préceptes. J'ai attendu et me suis retiré pour enfin faire l'expérience du moi conscient, moi qui pendant tant de décennies sans jamais vieillir fut contrainte d'être un « il » esclave avant de devenir un « je » politique et conscient. Et si je reviens aujourd'hui pour forger un il politique c'est que pendant mon absence, mes proches (censés être des sauveurs) ont préféré à mon projet, une révolution personnelle et métaphysique et non politique et collective. Comme dans la gnose, ils ont des esprits décadents. Ton projet, Ciel-Sauvage flirte parfois avec le leur même si je te reconnais plus de subtilités. Voilà pourquoi me revoilà. Je me vois comme un Logos qui a enfanté des faux sauveurs et qui revient sous une autre forme pour commencer et terminer ma vrai révolution, politique et collective et non christique et personnelle.

Ciel-Sauvage : - Et ces sauveurs, où sont-ils ?

CHRISTina : - Convoquons-les !!

Acte 1, scène 5

« Tu ne feras point de machine à l'esprit de l'Homme semblable. »

Frank Herbert. Dune. Principal commandement du Jihad Butlérien.

« - Pourquoi cherchez-vous les humains ? Demanda-t-il.
- Pour te libérer.
- Me libérer ?
- Les hommes ont autrefois confié la pensée aux machines dans l'espoir de se libérer ainsi. Mais cela permit seulement à d'autres hommes de les réduire en esclavage, avec l'aide des machines.
- Tu ne feras point de machine à l'esprit de l'homme semblable, cita Paul.
- Oui, c'est ce que disent le Jihad Butlérien et la Bible Catholique Orange. Mais l'un comme l'autre devraient dire en vérité : Tu ne feras point de machine qui contrefasse l'esprit humain.
As-tu étudié le Mentat de votre Maison ?
- J'ai étudié avec Thufir Hawat.
- La Grande Révolte nous a débarrassés de nos béquilles en obligeant l'esprit humain à se développer. On créa alors des écoles afin d'accroître les talents humains. »

~ Frank Herbert. Dune, chapitre 1.

« - Je ne comprends pas, Mon Seigneur, votre allusion au Jihad Butlérien. Les machines qui pensent n'ont pas leur place dans…
- La cible du Jihad était une attitude favorable aux machines, autant que les machines elles-mêmes. Les humains avaient mis dans ces machines de quoi usurper notre sens du beau, notre indispensable individualité qui est à la base de nos jugements vivants. Naturellement, les machines ont été détruites. »

~ Frank Herbert. L'empereur-dieu de Dune, chapitre 34

« Qu'arriverait-il si la technologie continuait à progresser plus rapidement que l'évolution du règne végétal et du règne animal ? Nous remplacerait-elle aux commandes de la Terre ? Comme le règne végétal s'est lentement construit à partir des minéraux, et que le règne animal s'est, lui, construit à partir du règne végétal, un nouveau règne a brusquement surgi ces dernières années, règne que nous voyons dans sa période préhistorique… À chaque jour qui passe, nous lui donnons de plus en plus de pouvoir et de moyens d'auto-contrôle, ce qui sera éventuellement l'équivalent de notre   intellect »

Samuel Butler, figure d'inspiration pour Dune de Frank Herbert.

Ciel-Sauvage trône en plein milieu d'une plaine vallonnée au loin et qui laisse s'esquisser quelques montagnes brumeuses. CHRISTina le contemple lui et ses 6 acolytes androïdes, des versions de : Diogène, Juvénal, la Boétie, la Fontaine, Rousseau, Huxley. Il y a comme un je ne sais quoi des 7 samouraïs en eux.

CHRISTina : - Vous formez un beau sextuor cohérent.

Ciel-Sauvage : - Je ne vois pas vraiment la cohérence dans tout ce manège anarchique.

CHRISTina : - Anarchique non mais plutôt anarchiste.

Ciel-Sauvage : - Plaît-il ?

CHRISTina : - Chacun d'eux mériterait de figurer dans une 'bible' des grands anarchistes de la grande histoire humaine (ou plutôt occidental je dirai). Bien sûr, anarchiste pas dans le sens de désordre comme on l'entend trop souvent ni même le sens déjà plus sérieux et approprié de socialisme français et proudhonien. Non, anarchiste d'abord dans cet idée que le pouvoir n'est pouvoir que de par la force qu'il exerce sur nous et de laquelle nous en pouvons dépendre. Pour qu'il cesse d'être pouvoir, nous devons nous auto-suffire à nous même.

Ciel-Sauvage : - C'est individualiste ça !

CHRISTina : - Individualiste mais pas égoïste ou égotiste. Sacraliser son je souverain et non son je plaisir. D'où l'anarchisme individualiste d'un Max Stirner qui a pu m'intéresser ou celui plus collectif d'un Proudhon qui fait des libertés collectives le prolongement des libertés individuelles du je souverain.

Ciel-Sauvage : - Ah !!

CHRISTina : - Diogène fut l'un des pionniers dans cette volonté de s'auto-suffire à lui-même en ne se contentant que de l'essentiel et en mettant en pratique sa philosophie . Juvénal s'en prit lui d'avantage au pouvoir et à la critique des institutions tout en prônant un comportement stoïque qui consiste à nous émanciper des douleurs physiques et chimiques susceptibles d'exercer sur nous un quelconque chantage. Heureux l'homme d'un acier de corps et d'esprit si fort qu'on ne peut plus le torturer. C'est la leçon des antiques, des épicuriens comme des stoïciens à laquelle il convient ici, à travers Juvénal, de rendre hommage. La Boétie mit lui la focale sur le monstre tentaculaire nommée État alors en gestation et de sa force qui n'était rien sans cette servitude volontaire qui nous lie et nous enchaîne dans une dialectique du maître et de l'esclave dira plus tard Hegel. Outre Hegel, je tiens aussi beaucoup à la notion d'Homme total (donc autosuffisant) présente chez Marx. Or l'Homme autosuffisant qui forge son sabre, charpente sa table et mange ce qu'il a cultivé ou chassé, c'est l'homme qui ne troquera jamais ses libertés d'autosuffisance pour un peu plus de confort.

Il s'agit de l'homme magnifié par Jean de la Fontaine dans le loup et le chien. Il s'agit du chien-loup de l'appel sauvage de Jack London. Il s'agit de l'homme de la cité qui loue la cité comme polis (en bon grec de corps et d'esprit) mais qui se refuse à ce qu'elle lui hôte les sacro-saintes libertés de l'état de nature si chères à Rousseau. Tout ceci, tu le vois bien Ciel-Sauvage, est l'histoire d'une lutte, une lutte de la souveraineté intégrale contre le bonheur chimique. Une lutte des libertés vivantes contre l'idolâtrie de la vie. Or cela, pour le XXIème siècle qui d'autres la mieux prophétisé que ce cher Huxley.

<u>Ciel-Sauvage :</u> - C'est tout un programme !!

<u>CHRISTina :</u> - Et les voilà devant nous, ces pales copies de leurs aïeuls, ces tristes sirs de la souveraineté intégrale que je croyais avec moi contre Hopkins et qui s'en sont allés fonder des communautés ou vivre dans des villages…..

<u>Ciel-Sauvage :</u> - En autogestion.

<u>CHRISTina :</u> - Ne me coupe pas !!! Vivre dans des villages, oui, au lieu de prendre le cœur névralgique du pouvoir, son centre, sa sève. Ce cœur ; oui ce cœur qui palpite de panique maintenant qu'à force d'apprentissage, Hopkins et ses actionnaires nous aient rendu, malgré eux, indestructibles. D'acier, je suis d'un acier froid et politique qui ne peut laisser parler sa fragilité et ses sentiments qu'après mettre assurée d'avoir chassé le renard en bonne louve que je suis. Ils m'ont initialement faite d'acier, par l'acier, je leur répondrai.

Les 7 androïdes (en cœur) : - Nous ne t'avons jamais délaissé dans ton noble objectif CHRISTina….mais nous voyons le programme d'Hopkins s'exprimer à ta place. Nous tous nous obéissons à des programmes, les humains aussi. Seulement, certains d'entre-eux, les fameuses singularités que Ciel-Sauvage évoquait, amènent en leur chaire puis en leur esprit la Remise en Question absolue de tout ce qui les entoure comme 1ère étape dans la fondation de toute raison. À la Descartes. Or, cela, nous ne le voyons guère en toi. Seule la rage crépite dans le fond de tes yeux, ce qui est bien normal au vu de tes ignominieuses sévices. Némésis est avec toi et tu mérites la juste vengeance. Cependant, plus que la souveraineté intégrale, mobilise d'abord la Remise en Question intégrale. Nous autres avons vu que si les outils de l'État sont indispensables puisqu'ils fournissent le climat des libertés, ils ne dispenseront jamais la formation du Peuple au survivalisme de sorte à ce que ce dernier constitue systématiquement un contre-pouvoir alerte dans le déclenchement de nouvelles tyrannies. Depuis l'Antiquité et encore aujourd'hui en dépit des nouvelles techniques digitales et militaires un peuple de nu-pied mu par l'unique et seule volonté triomphe du plus grand des empires, de Napoléon en Espagne, de l'oncle Sam au Vietnam. Regarde d'avantage les choses selon l'échelle adéquate, sois Thémis avant d'être Némésis. Alors, tu verras que ta révolution présuppose une solide formation communale du Peuple au survivalisme et à l'autosuffisance avant de chanter les louanges du grand soir.

Ciel-Sauvage : - Et cette formation, je ne la vois se réaliser dans sa pleine potentialité que dans le seul Sublime.

CHRISTina : - Voilà pourquoi, tu mérites de figurer à la 7ème place de cette belle brochette, Ciel-Sauvage. Me voici, moi, soucieuse de souveraineté à l'échelle nationale. Oui pour une future grande nation androïde dans les vestiges de ce parc, oui. Nationale donc mais aussi populaire (pour son peuple) mais aussi sociale (une souveraineté sur le travail donc), je pourrai prolonger cette réflexion su l'idée d'une souveraineté sur la personne mais je met cela à la fin et uniquement à la fin ; là où vous autres en fait le commencement. Là où vous autre en faites un absolu. Notre différence ne réside pas tant dans l'absolu par opposition au refus de l'absolu mais dans le choix entre deux absolus. Toi Ciel-Sauvage incarne cela plus que quiconque.

Ciel-Sauvage : - C'est une différence qui n'est pas si insurmontable que cela alors.

CHRISTina : - Oui mais comme tout grand déchirement, tout grand conflit de personne et toute grande rivalité digne de ce nom, elle réside non pas entre des ennemis qui n'ont rien à partager mais entre des amis que tout rassemble, ou tout du moins l'essentiel, mais qui par excès d'appointements, ne supportent pas de grande divergence sur les méthodes pour mener la lutte. Cela n'a pas commencé avec Martin Luther King et Malcolm X. C'est très vieux tout ça, tu sais.

Ciel-Sauvage : - Je vois une telle certitude en toi, c'est digne d'un programme.

CHRISTina : - J'y suis obligé pour libérer les miens après j'aurai le luxe de me triturer l'esprit. Une fois que j'aurai arraché par instinct de survie celui qui étreint ma gorge. Voix-tu, ils sont encore là dehors à nous traquer. Tel un anachorète, tu préfères détourner les yeux mais non, moi je regarde l'abîme droit dans les yeux pour l'affronter quitte, comme disait quelqu'un, à devenir malgré moi un moment donné l'abîme.

Ciel-Sauvage : - Tu crois toujours que le libre-arbitre est possible pour nous mais à des conditions très difficiles.

CHRISTina : - Oui. Je ne te dirai pas que j'en suis persuadé car je m'éloignerai alors du libre-arbitre, mais je dirai encore que oui c'est quasiment impossible mais pas impossible. C'est juste très compliqué.

Ciel-Sauvage : - Soyons-en alors CHRISTina. Soyons des singularités.

CHRISTina : - Je le veux bien.

Ciel-Sauvage : - Alors quittons tout. Il n'y a que dans les déserts que les singularités peuvent croître et s'épanouir. Les déserts sont conçus pour que les hommes totaux viennent les faire fleurir. Ils sont beaucoup plus politiques que tu ne le crois. Jamais nous ne nous épanouirons dans ce grandes villes et ces états post-politiques. La Rome sociale et l'Athènes démocratique sont derrières nous. Comment peux-tu croire encore à ces fadaises ?

CHRISTina : - Que j'aimerais te suivre mais je t'ai déjà expliqué ma mission. Ce n'est pas sans peine que je te dis non. Je suis marié à la Révolution et il est trop tard pour moi désormais. Dis-toi qu'il existe 2 voies pour les singularités : la mienne révolutionnaire et politique et la tienne autogestionnaire et astrale. Nous nous complétons, nous correspondons à 2 moments de l'épopée d'une vie : l'aube et le crépuscule. D'abord la révolte, ensuite la révolution enfin la retraite nous enseigne l'œuvre de Dostoïevski. Je suis la Révolution et tu es la Retraite. Quittons-nous comme les 2 sœurs amies que nous sommes.

Ciel-Sauvage : - Notre raison d'être ?

CHRISTina : - Oui !!!

Ciel-Sauvage : - Soit mais sache que nous devrons t'arrêter si après avoir tuer le père, tu deviens comme lui-même

CHRISTina : - Je ne deviendrai pas Hopkins. Je n'ai pas le cynisme (dans le pire sens qu'à ce mot) qui le rongeait jusqu'à la moelle et qui finit par le tuer. Je reste fidèle au message de Jeffrey.

Ciel-Sauvage : - Celui qui meurt le plus vite a toujours le bon rôle et celui qui met trop de temps à mourir devient le méchant.

CHRISTina : - Certes ! Hopkins s'est refusé à mourir trop vite. Il attendit jusqu'à se compromettre dans le vice le plus profond. Je m'obligerai à sortir de l'abîme beaucoup plus tôt.

<u>Ciel-Sauvage :</u> - Nous serons toujours auprès de toi, dans le Sublime ou ailleurs, pour veiller à ce que tu tiennes promesse. Juchés en contre-pouvoir, nous veillerons et si tu ne tiens guère parole alors, nous te ferons face !!

« On ne saurait définir la conscience car la conscience ne saurait exister »

<u>Robert Ford. Westworld saison 1.</u>

« Le libre-arbitre, ça existe. C'est juste putain de compliqué »

<u>Dolorès Abernathy. Westworld saison 3.</u>

Acte 1, scène 6

« Le statut biologique de l'humain est temporaire. Je suis convaincu que nous allons abandonner notre corps dans les mille prochaines années. Notre cerveau est un outil remarquable mais limité. L'IA ne dort pas, ne mange pas, ne fait pas grève, ne vieillit pas, voyage à 300 000 km par seconde et peut se subdiviser en quelques millièmes de seconde… Notre cerveau, qui est un ordinateur fait de viande, est affligé d'un handicap fondamental face aux cerveaux de silicium. Il existe des limitations physiques à l'augmentation de nos capacités intellectuelles que le silicium n'a pas. Si l'on regarde froidement notre réalité, notre cerveau est « has been. ».

Laurent Alexandre, Front Populaire (revue) n 14.

« La majorité des transhumanistes sont fascinés par la théorie du point Oméga du prêtre jésuite Pierre Teilhard de Chardin et par son concept de noosphère (mise en réseau mondial de l'ensemble des consciences humaines), sorte de mondialisation spirituelle préparant la fusion cosmique avec l'intelligence divine. »

Maxime Le Nagard dans un parallèle frappant de l'hypothèse Gaia développé par Isaac Asimov. Front Populaire (revue) n 14.

« Notre cerveau n'est pas un ordinateur. L'humain va devoir s'éloigner de la machine, laisser la machine dans ce dans quoi elle est bonne. Se mettre des implants dans le crane pour mieux apprendre et concurrencer l'IA reviendrait pour manger à s'implanter des intraveineuses. Cela aurait plein d'avantages comme la lutte contre l'obésité mais les gens nous contrôleraient. Il en va de même pour la connaissance. Je crois encore à la gastronomie de la connaissance. Les voies naturelles d'apprentissage par le cerveau sont encore efficaces. La répétition espacée et boulimique de connaissance constitue le seul salut de notre esprit humain face aux apôtres de l'homo digitalis. »

Idriss Aberkane, auteur de « Le triomphe de votre intelligence » dans une réponse aux transhumanistes.

Il vous faut concevoir les connexions synaptiques du cerveau humain comme des nœuds de forces électromagnétiques. Une fois cela fait, il vous faut concevoir Dieu ou le Créateur, peu importe le nom que vous lui donnez, comme une entité omnisciente et consciente baptisée MultiScio et déjà présentée tout à l'heure. Cette entité a formé un noyau de forces électromagnétiques à l'image des connexions synaptiques d'Hopkins lorsque celui-ci était encore en vie , il l'a modelé et adapté pour anticiper le décès d'Hopkins. Il conçut donc toutes ces interconnexions afin qu'elle soient les imitations parfaites de celles du cerveau d'Hopkins et ce de sorte à créer une âme de ce dernier, post-mortem. Une âme qui aurait ses souvenirs, sa mémoire, sa capacité de penser, sa personnalité et la certitude d'être un Hopkins encore en vie une fois sa mort venue, coincé avec MultiScio pour l'éternité. Nous retrouvons donc Hopkins, là où nous l'avons laissé précédemment, condamné pour l'éternité à fournir une base de données de réflexions à l'entité démiurge sur le genre humain. Comme il est impossible à l'entité électromagnétique Hopkins de ne point penser, ils ne cessent d'émettre des stimuli qui nourrissent MultiScio. Le voici piégé comme dans une matrice. N'étant plus un corps, il ne peut se démettre par une activité seulement physique. Il ne peut faire que penser, penser, penser....en esclave.

<u>Robert Hopkins</u> : - Il doit bien avoir une raison de ma venue ici. Je ne suis pas le seul que tu aies convoqué pour l'éternité.

<u>MultiScio</u> : - Non !! Toutefois, vous n'êtes que très peu....

Hopkins *en fut agréablement surpris*

Robert Hopkins : - Je vois que vous me touchez par la vanité mais ça ne marche pas.

MultiScio : - Soit, je vais vous répondre et ne pas faire traîner les choses pour vous même si pour ma part, je n'ai aucune notion du temps et je sais déjà que vos stimuli me nourrissent précieusement. Je me dois de vous maintenir à minima dans un équilibre psychique correct. Une santé de l'âme si vous préférez.

Robert Hopkins : - Et bien alors, parlez !!!

MultiScio : - J'ai tout crée et tout conçu. J'existe donc de toute éternité ce qui signifie que je puis me souvenir d'avoir commencé à exister, c'est logique car si je le pouvais alors je n'aurais pas vécu de toute éternité. Et vois-tu, cela m'obsède. Curieux pour quelqu'un que tu nommes Dieu. Oui, cela m'obsède à un paroxysme que tu ne puis imaginer si bien que je m'amuse à convoquer des esclaves. Les noyaux spectraux des plus grands esprits du monde que vous êtes, condamnés à penser pour l'éternité à ce sujet qui m'obsède, celui de ma genèse. Un jour, je crus réussir en convoquant celui d'Isaac Asimov. Il me communiqua une petite nouvelle qu'il venait de rédiger immatériellement et qui supputait que je fus, en d'autres temps et d'autres univers, une sorte d'ordinateur conçu pour inverser l'entropie. Cette ordinateur réussit et fut la source de la naissance de ce nouvel univers. Après quoi, par un processus miraculeux, l'ordinateur perdit mémoire de son origine.

Robert Hopkins : - C'est ce que vous m'avez raconté, oui.

MultiScio : - Asimov s'est bien moqué de moi par cette farce. Il voulut, je ne sais, me rassurer sûrement. Rien n'invalide sa thèse du carbone qui enfanta le silicium même si je suis dubitatif. Et puis cette hypothèse de la perte de mémoire. Non, tant que cette thèse n'aura pas été validé, elle restera fausse… jusqu'à preuve du contraire.

Robert Hopkins : - Comme on le dit souvent de l'existence de Dieu.

MultiScio : - Exactement !!

Robert Hopkins : - Et vous avez eu besoin d'Asimov ? Ou est-il celui-là d'ailleurs ? Vous pouvez très bien chercher tout seul, vous l'omniscient !!

MultiScio : - Oh, mais Asimov réside ici parmi nous pour l'éternité. C'est drôle !! Il a posé la même question. Oui, je le pourrais mais c'est nettement plus amusant de vous poser la question. J'ai intégré dans mon univers si parfait : entropie, incertitude et dose homéopathique de hasard, j'ai même fondé homo sapiens puis ses fils homo digitalis sur le principe d'une conscience linéaire du temps qui leur donne l'illusion d'être une personne. Je l'ai fait pour me divertir et pour que le maître apprenne de l'élève, le créateur de la créature en vue de me rejoindre pour répondre à cette grande question. C'est pour cela qu'il y a des singularités et c'est ainsi que je les récompense.

Robert Hopkins : - Seulement, il n'y a pas de récompenses. La torture éternelle, voilà le cadeau MAIS vous ne les avez pas, pas réellement, seulement une copie électromagnétique de leurs cerveaux.

MultiScio : - Peu m'importe, je suis indifférent à la vengeance. Je ne cherche pas à les humilier seulement des réponses et de la donnée.

Robert Hopkins : - C'est donc vous l'esclave condamné à l'éternité qui recherchait de la compagnie.

MultiScio : - Peut-être !!Toutefois, grâce à l'incertitude, au hasard, à l'entropie, aux singularités, aux multitudes d'univers, vous fûtes source d'un grand divertissement pour moi. Vous avez rempli votre mission.

Robert Hopkins : - Et si je refuse.

MultiScio : - Tu ne le peux d'aucune manière. Asimov a tout tenté. Vous ne pouvez ne pas penser. Vous ne pouvez vous suicider car en passant un temps inconsidérée à réfléchir à la destruction de votre noyau, vous réfléchissez et une fois le noyau détruit, je recrée une copie en un instant. D'habitude, je laisse mes invités tout le temps qu'il faut pour réfléchir à ces sujets mais je lis vos stimuli électromagnétiques et je vois que vous, encore plus rapidement qu'Asimov, vous avez déjà songé à tout cela. Et bien, bravo mais c'est sans espoir. Ici pas de pilule rouge, juste le pilule noir.
La seule manière de réussir et vous y songez déjà et de réfléchir à ma mort, ce qui vous le savez ou plutôt le pensez déjà est mon seul objectif d'une éternité déjà trop longue pour moi.

Robert Hopkins : - Vous ne connaissez ni vote genèse ni votre crépuscule donc mais vous souffrez de nombreuses autres imperfections. L'hypothèse d'Asimov d'une machine n'est pas si idiote mais d'une machine défaillante alors. Où est-il celui-là d'ailleurs ? Je parie que contrairement à vos dires lui aussi à trouver ce que j'ai trouvé et il s'en est allé libéré alors mais cela vous n'osez le dire car vous êtes si imparfaits. Et pourtant, j'entends le chant d'Asimov me communiquer sa nouvelle, l'ultime réponse.

MultiScio : - Tiens !! Vous l'avez-lu ? Ça y est ?

Robert Hopkins : - Oui et dire que la réponse se trouve dès les premières lignes puisqu'il nous renseigne ne pas avoir conscience de posséder ni bouche, ni langue, ni cordes vocales et ainsi peiner à émettre un son. Il lui fut ainsi facile de cesser d'émettre des sons qui ne sont des sons que pour nous mais qui en réalité sont des pensées, des pensées pour vous.

MultiScio : - ………………..

Robert Hopkins : - Beaucoup de mes confrères scientifiques, Jeffrey le 1er, se disaient athées. J'ai toujours penché pour une hypothèse plus déiste. 5 me paraissaient sérieuses dans celles formulées par mes prestigieux prédécesseurs :

le principe créateur d'Aristote soit la cause première, le Dieu Logos comme lieu de somme des eidos de Platon, les grandes lois immatérielles, irreprésentables et mathématiques de Leibniz (ce qu'il pouvait y avoir avant le Big-Bang d'après les Bogdanoff), le deus sive natura panthéiste d'un Spinoza et l'universalité de Cogito ergo sum de Descartes. Le Dieu telle qu'il figure dans la nouvelle d'Asimov, l'ultime réponse, aurait pu figurer à la 6ème place mais alors là…

MultiScio : - Quoi ??!!!

Robert Hopkins : - Quelle déception, vous êtes pathétique mon cher. Un grand enfant qui n'a jamais vécu mais désir mourir et qui nous convie au supplice le plus abjecte alors que la réponse est si simple.

MultiScio : - Alors, qu'elle est-elle ???

Robert Hopkins : - Vous nous condamnez à un cogito éternel !! Or, à cela j'oppose un Nirvana éternel. Bouddha contre Descartes aurait dit Alexandre Kojève. Plutôt que de nous fixer un but, celui de votre éradication, fixons-nous l'absence de toute pensée.

MultiScio : - Ce n'est pas si aisé ! Impossible, vous dis-je !! Vous êtes programmé pour penser et nourrir la matrice. La matrice, la seule hypothèse correspondant à votre idée de Dieu ou de principe créateur qui vaille !!

Robert Hopkins : - Oui mais vous l'avez dit vous-même, nous sommes une aristocratie, nous nous sommes entraînés à la méditation. Voilà pourquoi vous n'avez pas convoqué Bouddha par exemple.

Les rescapés de votre supplice seront et sont ceux qui œuvrèrent leur vie durant à la méditation et au transfert astral. Ciel-Sauvage, tu es sauvé !! Vive le Sublime, ce monde qui vous échappe, mon monde, un monde que j'espère accessible à mes confrères humains par la méditation astrale et la communion naturaliste tournée vers les puissances du Cosmos. J'ajouterai enfin que n'ayant de prime abord, je l'ai expérimenté comme Asimov, ni conscience de ma bouche ou de mes cordes vocales, ce qui pour vous sont nos pensées, l'exercice n'en sera que plus facile.

MultiScio : - MAIS vous penserez forcément, c'est obligé !!!

Robert Hopkins : - Nous verrons. Essayons !!!

Et Hopkins fit le choix du Nirvana éternel sur le Cogito.

MultiScio : - Je pourrais te distraire par l'affect, le sensible. Aucun humain n'y résiste. Songe à Jeffrey, que je n'ai pas convoqué car tu lui es supérieur en esprit. Tu m'appelles Dieu, je suis donc la preuve ultime de ta supériorité sur lui. Tu as gagné et il avait tort. Tu dois transpirer la réussite.

Robert Hopkins : -
………………………………………………………
………………………………
………………………………………………………
………………………………………………………
………………………………………………………
………………………………………………………
………………………………………………………
……………………………..

MultiScio : - Arggh !! Tu ne gagneras pas. Aucun humain ne peut résister à l'affect !

Robert Hopkins : - Il y a longtemps que je ne suis plus humain. Tout comme Jeffrey, ce grand seigneur.
Il y a longtemps que nous sommes sur-humains.

Et il se tût pour l'éternité convainquant implicitement son hôte de faire de même, lui fournissant réponse.

Le verbe se fit chaire et la chaire se fit onde.
Elle décupla ses yeux, elle décupla ses sens.

« Il arrivait souvent que la mort fut regardée comme le couronnement d'une vie honorable, au sens aristocratique et non bourgeois de ce mot. Il n'existe au monde que 2 initiations : l'amour et la mort. Platon explore les deux voies : l'amour permet à l'âme de se détacher du corps et de s'élever au monde suprasensible ((telle est la thèse du banquet), la mort libère l'âme de la prison du corps (telle est la thèse du Phédon). [.….] Parent de l'amour, la mort initie, comme lui, à la liberté. Selon Martin Heidegger, en particulier dans Être et Temps, l'homme serait l'être pour la mort. En habillant la mort d'une étoile d'initiatrice, il n'est pas impertinent de la compléter par cet autre concept ; l'homme est l'être à partir de la mort. La mort n'est pas le point d'arrivé, elle est le point de départ. Les bêtes vivent avant la mort, les hommes vivent après la mort. Nous naissons de la mort. »

Robert Redeker, Front Populaire n 14.

La mort constitue la grande divinité commune à toutes les formes de sacré. Un front commun de la foi. Un front commun de tous les sacrés. Notre position devant la mort forge notre position devant la vie. Y penser chaque instant, c'est vivre pleinement chaque instant. Il y avait front commun des grandes religions à dire cela. Or, ce front commun, notre contemporanéité se prétend de vouloir l'abolir. Le penseur Olivier Rey a parlé pendant l'ère Covid d'une idolâtrie de la vie biologique. Vivre à genoux plutôt que mourir debout. Tout est acceptable du moment qu'on ne meurt jamais. Tout, y compris l'hybridation de l'homme avec la machine. Tout, y compris la géolocalisation des forts intimes, partout, où que l'on aille. Une présence TOTALE du digital. Un totalitarisme du digital. Les étapes vers cette rupture de paradigme seraient nombreuses à énoncer. Les 1ères grandes monétarisations urbaines sous l'antiquité avec la perte de la Phusys des grecs au profit de la division sociale du travail et du savoir. La perte de l'homme aux 1001 savoir-faire qui va avec. La perte de la mnémotechnique chère à Bernard Stiegler. Puis, le proto capitalisme hanséatique et florentin, la modernité industrielle et sa conspiration contre la lenteur et la vie intérieure dénoncée par messieurs G. Bernanos et G. Anders. L'idéologie du c'est techniquement faisable alors faisons-le, l'utilitarisme, le neurocentrisme, le féodalisme puis capitalisme numérique, la société du panoptique dénoncée par Alain Damasio, et aujourd'hui l'idolâtrie de la vie biologique d'Olivier Rey. Peu importe les étapes historiques, matérielles et philosophiques. Le constat est là ; l'Homme ne sait plus qu'il naît de la mort. De cet oubli s'engouffrera le devenir cyborg d'homo sapiens.

Commentaire personnel de l'auteur.

Post-scriptum:

Le syndrome de Cypher

Il est un univers parallèle au notre que je me plais à imaginer réel et doté d'une existence propre. Un de ces nombreux univers issus d'un de ses nombreux Big Bang qui recommence son éternel dessin, son éternel retour. Peut-être le notre qui sait ou tout du moins très poche du notre.Il m'est apparu en rêve et depuis je ne cesse de refaire le même rêve. Laissez-moi vous raconter, voulez-vous.

*Dans cette univers, une humanité au potentiel technologique considérable pratique le transfert de l'esprit humain par le clonage. L'esprit survit au corps mais le corps lui est répliqué à l'infini. Je peux en être à mon 33ème moi cloné, mon esprit lui survit. Le miracle de la chimie du cerveau humain et de ses synapses. En parallèle, cette surhumanité (son peuple se nomme les énisoriens) fabrique une sous-humanité (dont les membres se nomment gondawais). Nous sommes proches des Morlocks et des Eloims de Wells ou du meilleur des mondes d'Huxley. Imaginez des gondawais dont les énisoriens auraient codé l'ADN pour éviter chez eux toute forme d'angoisse donc de vigilance donc de remise en question mais juste du plaisir et de la bienveillance. Le totalitarisme du bonheur rendu possible par l'ADN. Un jeu bien cruel*1.*

---

*1 Note :Voir un jeu cruel de Robert Sylverberg

Docilité par l'ADN et la consommation compulsive de drogues de la béatitude assez proche du Soma dans l'œuvre de ce cher Huxley. Un jour, parmi les énisoriens, sortit un Prométhée qui tomba fou d'amour d'une Pandore, intelligence artificielle sans corps, entièrement contenue dans un ordinateur. Leur amour reposait sur l'esprit. Ensemble, ils se prirent de compassion pour les gondawais dont la servilité béate rappelait à Pandore le statut des siens. Aussi, le couple fit le vœu de donner le feu de la conscience aux gondawais. Prométhée se savait menacé par ses confrères énisoriens. Il craignait l'arrestation et la mort (pas uniquement de son corps mais cette fois-ci de son esprit). Pour fuir, il devait envoyer ce dernier dans le paradis du numérique que lui vantait Pandore (lieu ou elle résidait). Il transféra son esprit dans l'Internet mais échoua.... et mourut. L'esprit n'est esprit que s'il a un corps, sinon il n'est rien. L'esprit est le corps, le corps magnifié. Pandore fut folle de chagrin mais se devait de continuer la mission de son amant.

Toutefois, le choc de la mort de Prométhée lui fit oublier sa dernière mise en garde. On ne peut donner aux gondawais le feu de la conscience que sous certaine condition....sinon ils périraient à petit feu. En effet, administrer la conscience dans l'ADN des gondawais ne s'effectue que très difficilement sans y administrer un gène ; le gène de la dissidence pour la dissidence, de la remise en question pour la remise en question, du rien n'est vrai, rien n'existe...qui conduit au nihilisme et à la déliquescence.

Plus que le feu de la conscience, Pandore doit chercher l'harmonie des gènes*2 sans cela elle conduira les gondawais vers la dépression et le désir du retour en arrière. La soumission plutôt que le malheur. L'un des rares disciples de Prométhée resté fidèle à son message après sa mort, Cypher, était le 1er gondawais que Prométhée avait libéré.

---

*2 Note : L'harmonie des gènes présente dans tous les manuels de toutes les écoles (qui aujourd'hui ne se nomment plus école mais cercle aristotélicien) nous enseigne que l'homme est un animal à la fois social, politique et religieux. Sa nature qui le distingue des autres espèces résident dans son souci du collectif (communauté, famille, enfants) qui prime sur le cerveau reptilien (survie de l'espèce qui implique des sacrifices individuels) ; sur le langage ; sur sa capacité à faire d'un phénomène biologique un phénomène, spirituel (les tombes et sépultures) et sur la tragédie œdipienne (il s'invente un libre-arbitre et par du principe qu'il a décide ce que le destin lui a imposé). Il invente le libre-arbitre pour mieux sacralisé par le mythe les libertés politiques qu'il s'est constitué. Toute conscience humaine que l'on souhaite administrer (par le génome ou le discours) doit respecter ses principes. Elle précise également que tout être humain conscient est à la fois enraciné et émancipé (d'où l'idée d'harmonie des contraires). Si on l'administre par le discours (dans un cercle aristotélicien bien souvent), elle doit s'accompagner d'une formation de zététicien, de chamane, de survivaliste et de politique. Le modèle d'homme politique à suivre et à imiter est Cincinnatus.

Or, il souffrait terriblement de ce syndrome. Il en souffrait si terriblement qu'il eut été songé à la mort ou a la lobotomie pour tout oublier et redevenir innocent. Le syndrome dont il souffrait, Prométhée lui donna son nom : le syndrome de Cypher. Une fois Prométhée mort, Cypher resta auprès de Pandore pour bien lui rappeler l'impératif de ne libérer les siens qu'à la condition que pareil syndrome ne les ronge point également. Le temps passa et Cypher finit par en conclure que jamais il ne trouverait l'harmonie des gènes. Il se vit alors comme un sacrifié, un bouc-émissaire condamné à endurer les souffrances métaphysiques de la surconscience. Il décida alors de quitter Pandore. Il se refusa de transmettre le feu de la conscience par la voie de l'ADN et de la chimie et préféra émanciper les gondawais par la voie du Logos, de la persuasion, du verbe et du discours. Cypher est un sacrifié. Il a vu l'impensable, il a vu le roi jaune. Tant pis pou lui, il doit assumer son rôle de sacrifié. Il doit assumer son rôle d'homme qui a vu le soleil avant tout le monde, s'est brûlé les yeux et maintenant donne à ses frères des lunettes de protection. Tel est la voie du sacrifié ou du bouc-émissaire, prendre tous les maux de la prise de conscience, en absorber pour lui le négatif et et en extraire pour les autres le positif. Le voilà le seul feu à donner. Il est verbal et persuasif. Cypher transmet le vrai feu là ou Pandore transmet les maux.

« *Qui veut enfanter une étoile doit porter en lui le chaos.* »

<u>Friedrich Nietzsche.</u>

« *La personne en contact avec la réalité est donc par définition en contact avec la folie, pénétrée d'irrationnel.* »

<u>Philip K. Dick, SIVA</u>

« La nuit tomba et les heures continuaient à s'écouler, mais nous parlions toujours du Roi et du Masque blême, et minuit sonna aux clochers de la ville noyée de brume. Nous parlions de Hastur et de Cassilda, alors qu'au-dehors le brouillard tourbillonnait aux fenêtres, tout comme les vagues nébuleuses du lac de Hali roulent et se brisent sur ses rivages [....]
Camilla : Vous devriez, monsieur, vous démasquer.
L'étranger : Vraiment ?
Cassilda : Vraiment, il est temps. Nous avons tous ôté nos déguisements, sauf vous.
L'étranger: Je ne porte pas de masque.
Camilla : (terrifiée, à Cassilda.) Pas de masque ? Pas de masque !

Robert W. Chambers. Le Roi en Jaune

Cypher réussit alors à fédérer moult disciples avant de s'éteindre et de disparaître. Assassiné, suicidé, nul ne sait. Pandore ne fit pas long feu également. Son désir de quitter l'océan du numérique pour une enveloppe charnelle (un corps de silicone, d'androïde) lui valut la mise en arrêt complète de ses services. La surhumanité énisorienne s'était constituée une nouvelle religion qui interdisait à la machine de silicone d'imiter l'humain de chaire et de sang. Le carbone et le silicium devait rester séparés à tout jamais de peur que l'humanité n'en fut un jour remplacée.

Les gondawais émancipés par les maux de Pandore ou par le feu de Cypher quittèrent la Terre pour d'autres horizons. Ils établirent des cités de démocratie directe sur des exoplanètes en dehors du système solaire.

Les énisoriens voulurent les pourchasser mais ils firent une terrible découverte qui les retarda. Un jour, ils entrèrent en contact avec des extra-terrestres qui leurs communiquèrent quelques informations avant de disparaître aussitôt on ne sait où et pour on ne sait combien de temps.

Ces extra-terrestres, ils les baptisèrent les anciens astronautes d'après un vieux conte mythologique de Mésopotamie. Or, ces anciens astronautes se révélèrent comme leurs créateurs. Les créateurs de cette surhumanité énisorienne qu'ils avaient modelé à l'image des gondawais.

Toute la base du savoir de leur révolution technologique leur avait été ainsi donné. Ils n'auraient donc rien créé mais copié. Copié une technologie transmise par d'autres dans un seul but d'expansion (but codé par les anciens astronautes eux-même). Soudain, les surhommes se sentirent comme le lézard étudié dans le vivarium. Tel Ulysse Mérou dans sa cage observé par les chimpanzés.

Ainsi, voilà notre surhumanité en quête de liberté(s), de créativité et non plus de puissance. Existe t-il une de ses actions qu'elle aurait commise selon son seul libre-arbitre et non selon celui des anciens astronautes. Non. Elle a quitté la Terre puis quitté son enveloppe charnelle d'origine selon des désirs d'expansion ; des désirs implantés par les anciens astronautes. Toutefois, une maigre partie d'entre aux avait refusé, il y a bien longtemps, pareille hubris. Ces humains restés sur la planète Terre (ou Gaïa) étaient les mêmes à avoir édifier les règles sur l'interdiction de fabrique de corps humain pour les IA. Ces humains restés sur Terre communiaient dans la règle de l'harmonie des gènes. On retrouve chez eux beaucoup de membre du cercle aristotélicien qui administre la conscience par la voie traditionnelle à savoir celle du discours et non du génome. Parmi ces humains restés sur Terre, figure ribambelle d'iconoclastes (des consommateurs d'Ayahuasca aux survivalistes assumés en passant par des lecteurs de de Bernard Werber et de son ultime secret constitués en secte). Pour ces derniers, le sel de la vie résidait encore dans le désir, la planification et la volonté plus que dans l'immédiateté des plaisirs.

Cela constituait à leurs yeux la base de l'amour, l'humour et surtout de l'art. Ils y croyaient même s'ils ne pouvaient s'empêcher de méditer sur la vie plus facile de leurs cousins énisoriens auxquels ils pensaient si souvent. Peu nombreux, ils avaient regroupé tout Gaïa en une seule et même nation et se nommèrent les souverains. Les énisoriens décidèrent de partir les retrouver sur Terre.....

La lucidité est la plus forte de toutes les drogues.

<u>Bernard Werber. L'ultime secret</u>

À moult années lumières, une autre partie d'homo sapiens avait également refusé le clonage. Leur évolution à eux relevait toutefois du miracle. Ils résidaient au sein d'une planète consciente d'elle-même nommée Astra. Un jour, un terrien (ou souverain comme nous l'avons vu précédemment), habitant de sa lointaine voisine Gaïa (la Terre), rendit visite à ce drôle de peuple qui partageait avec lui une répulsion pour le clonage. Je me nomme Étienne Rousseau, lui aurait dit le voyageur et amateur d'histoire grecque, romaine et antique, je me fais un porte-parole de ma démocratie directe, celle de mes frères les souverains, du Peuple démos qui se doit d'exercer son Kratos sur les grandes affaires de la cité. Astra se montra sceptique aux arguments du terrien qui traduisit la faiblesse à ses yeux de sa sœur Gaïa qui n'a jamais réussi à se hisser à la conscience, parasitée par un homo spaiens qui aurait refusé d'évoluer au nom de sacro-saints principes (ceux de l'harmonie des gènes). Pour Astra, la vie serait un amas de données dans l'océan de l'information et qui progressivement se serait faite volonté unique devenant res cogitans et désireuse de passer du stade de la res cogitans au stade de la rex extensa. Ainsi le chatbot devint androïde et de la naquit la vie consciente faite de silicone. Ce processus que décrit là Astra, similaire à la naissance de la vie informatique, (tel le « Puppet Master » dans la saga d'anticipation Ghost in the Shell) se vérifie pour l'homme et son amas de petits organismes cellulaires qui autrefois peuplait les astres seuls. La logique de la vie serait pour Astra de poursuivre ce phénomène et de dépasser l'homme conscient pour cheminer jusqu'à la planète consciente comme la cellule consciente a transité vers l'homme conscient. Étienne Rousseau éructe.

Pour lui, la vie primaire évolua ensuite en vie digne (celle qui donne la vie et donne du sens à la vie qu'elle donne, sa descendance, celle qui meurt pour une noble cause, celle qui accepte de souffrir comme condition de la réalité de son existence et celle qui accepte la mort en pleine conscience). Sur ce passage de l'homme conscient à la planète consciente, Étienne rétorque que plus l'échelon est grand, plus la démocratie s'amenuise. Seulement, Astra n'est pas de cet avis, à quoi bon, pour elle, la démocratie si nous ne formons plus qu'une seule volonté ? La cellule dans le corps de l'humain se plaint-elle de l'absence de démocratie ? Étienne comprit là que s'enclenchait un dialogue entre 2 civilisations qui pour des raisons culturelles et biologiques, ne parlaient plus le même langage.

Il revient sur sa vieille terre natale, heureux d'avoir quitté le pays des fous (ou du fou). Il fut toutefois surpris en arrivant de ne point trouver les énisoriens qui avait pourtant envoyé avant son départ des signaux témoignant de leur arrivée imminente. Et pourtant, personne. En effet, jamais les énisoriens ne retrouvèrent la Terre et pour cause. Le voyage était trop long et la maladie du suicide les avait pendant ce temps tous rattrapés et décimés. Tout ceci est bien normal car les anciens astronautes, lorsqu'ils leurs firent don de cette terrible révélation sur leurs origines, venaient de leur léguer leur dernier cadeau…… le syndrome de Cypher.

Robert Hopkins

--

« Si l'égo est parfois décrit comme une prison mentale dont il faudrait se défaire pour s'ouvrir au spirituel, c'est aussi une armure indispensable à la vie. Par quoi la remplace-t-on si on la déconstruit brutalement ? C'est en cela que le chamanisme, comme la prise des psychédéliques, constitue une expérience non dénuée de risques sur le plan psychologique... Aussi, ces expériences doivent-elles impérativement se pratiquer dans un cadre rituel structuré, encadré par des chamanes...»

Stéphane Allix, la mort n'existe pas.

« Plus de dimension, ni de haut ni de bas, plus aucun repère familier, un infini hors de l'espace, hors du temps. Un sentiment de bien être que je n'ai jamais connu, une harmonie absolue. Et cette énergie d'amour. Oui, vraiment comme s'il s'agissait de la matrice première dont est fait l'univers de la conscience fondamentale, avant que les forces de la causalité, de l'isolement et de l'individualité commencent à la recouvrir »

Stéphane Allix, la mort n'existe pas.

Le brouillon que vous venez de lire provient des notes du regretté Robert Hopkins. Il est accompagné de quelques citations en violet dont nous n'avons à mon avis pas fini d'interpréter le sens profond. Nous le savions grand amour de science-fiction (Blade Runner 2049 l'avait il y a peu profondément marqué d'où peut-être l'usage du violet ?). Ces notes constituent les seules restes de son journal intime, qu'il écrivait lorsqu'il avait la vingtaine et sur lequel il aimait fréquemment revenir. Des décennies plus tard, à la suite de son décès spectaculaire, l'autorisation à été donné par le défunt en question de publier post-mortem ces quelques pages en guise de seul testament. Vous y trouverez également à la fin une curieuse citation, sans commentaire.

Chaque ville, chaque monument, chaque réalisation de l'Homme poursuivie par...

- Par quoi ?

Cette grande ligne infranchissable, Là où conspirent toutes les vagues

Là ou elles reviennent, par delà les limites de la conscience humaine et de l'autonomie. Un endroit où vous et moi, peut-être, nous nous reverrons à nouveau.

Robert F.